ブンバップ

栞

僕のバイブスになっていく

永井祐

この作品集の出版によって本格的なデビューになるのかもしれないけれど、私は川村有史の作品について書くことがこれで四度目になる。大きく言って十年ぐらいのあいだ、川村の作品に縁を持ちながら過ごしてきた。同人誌「かばん」に発表された「静寂の友人」、笹井宏之賞の作品「六月の火」「退屈とバイブス」「更新作業」が主なところで、そのたびに飛躍をとげて自分の歌をつかんでいった川村の存在は、心の中に素敵で貴重なものとしてある。だから、この歌集の出版をとてもうれしく思う。

川村の作品とは何か、短歌でどんなことをやっているのかを言うのは意外と難しいかもしれない。私からすればその魅力の中心は「歌のあり方」のようなものだからだ。

ぼくは貧乏ぼくの家族も貧乏でだから貧乏なんて気にしない

ＩＬＬでいる秘訣知ってる友達とモノホンプレイヤーの友達

それぞれKOHHとBUDDHA BRANDのリリックが参照されていることは、さほど詳しくない私にもわかる。ヒップホップが好きで大切であることが歌集のあちこちから伝わってくるし、それに限らずスケボーの歌も多くて、ストリートカルチャーへの親近性はすぐにわかるこの歌集の特徴だろう。

　けれど、それらを短歌に取り込むだけならば、実はすごく簡単なことでもある。短歌というのは、じっさいには原子力でもＡＩでも最新の時事でもなんでも取り込んで、それで短歌の形としては今までどおりびくともしないということのほうが普通なのだ。現にＡＩの歌などは投稿歌などにも多い。「〜を詠む」という形をとって、短歌は無傷のままほとんどどんなものでも取り込めてしまう。

　川村有史の作品がすごいのは、「ヒップホップ的なもの・ことを詠む」という地点を超えて、歌のあり方自体が「ヒップホップ的である」地点の実践があることである。ヒップホップとは何かについて、私には確固たるアイデアはない。それでも、川村の歌のコンセプトはなんとなくわかるのだ。生の現場のノリやバイブスみたいなものをそのまま歌に持ち込むこと。説明や構図よりも雰囲気や運動性を重視すること。カジュアルでありリアルであること。生きた身体的なリズムを宿していること。それを実現するためには、短歌の文体を根本からつかみ直さなければならない。

きのう立ち読みした音楽誌で知った史実話して忘れたさっき

どちらかと言えば目立たないこうした歌のつくりに目を引かれる。「立ち／読み」「音楽／誌」の二回の句跨りがあった上で、「シ」の音を重ねた「史実」という硬めの語彙の後の助詞抜き、イレギュラーな語順で出てくる「さっき」のあいまいな時間指示。それらが総体としてリズムを形作り、短歌形式への独特のアプローチになっている。ラフな語法の背後に文体への強い志向が感じられるのだ。ほとんどどの歌にも。

五円玉落としてみると音がする千円札は少し聴こえる
業務用コーンフレーク買って食べ切れなかったの良かったなって
新曲を用意しておく次に会うカラオケがうるさくなるように

お金で遊ぶと聴こえる音、どうでもいいような思い出、友達と「うるさく」することのかけがえのなさ、どれもが生きたものとして私には響いてくる。短歌で生きた音を響かせるには、文体を一から自分でつかみ直すしかない。そう感じさせる一冊である。チャレンジの行方を見届けたい。

配られたカードで

山田航

タイトルとなっているブンバップ（Boom bap）とは、重めのベースラインと強めのスネアおよびハイハットを特徴とする、ヒップホップのサブジャンルのこと。その名称は、バスドラムとスネアドラムの擬音に由来している。

そしてその名を冠したこの歌集も、まるで一枚のヒップホップ・アルバムのようである。和歌の流麗なリズムとは異質な小刻みで跳ねたリズムの多用と、ストリートの出自を強く意識した語り手像は、「ヒップホップ短歌」としての条件を備えているように読める。実際に作者自身がヒップホップを愛好しているようで、ラップやブレイクダンスなど直接的にヒップホップを題材とした短歌もある。スケートボードも、ヒップホップと関係の深いストリート・カルチャーとしてしばしば題材となっている。

ぼくは貧乏ぼくの家族も貧乏でだから貧乏なんて気にしない

貧乏を気にしないけどぼくやぼくの母は貧乏だから頑張る

明るい貧乏と眩いピンボール。またルイ・ヴィトンが笑う。金曜

この歌集には「貧乏」という単語が頻出する。今この時代に改めてこの言葉を多用することには、剛速球の強さがある。思えば「日本は貧しくなった」と他人事のように語ることは出来ても、「私は貧乏だ」と言い切るとなるとまだ少しばかりためらってしまう。なぜなら、2000年代以降に醸成された自己責任的な風潮のために、貧乏の原因は努力不足だと詰られることについ臆病になってしまうからだ。「ぼくは貧乏」とひとことで言い切る率直さは、自己責任論への怯えの前に口を噤む風潮をぶち壊し、この社会のありのままの現実を描きたいというリアリズムへとつながる。

その一方で、「貧乏」という語に対して、単純にその響きの面白さを感じているようなところもある。BIN-BOの響きがBoom bapと共鳴し、短歌に詠み込まれるたびに、貧乏とはこんなにファンキーで楽しい音の連なりだったのかと気付く。「B音」の響きは歌集全体をくまなく覆い続けており、通奏的なビートを形成している。

リアリズムと、日本語の音楽性。それは近代短歌以降、たびたび天秤にかけられてきてはどちらかがバランスを崩すということを繰り返してきた。この歌集はヒップホップの手法を参考にすることで、リアリズムと日本語の音楽性のちょうどいいバランスの可能性を模索しているように読める。その一つが押韻の試みである。

可動域がひろがってきてるな肩から　美容師のマッサージからかな

怪物をだいぶ疲れた面持ちの男の人が追い出す映画

僕にでもわかる星座が描いてあるあれはたしかカシオペヤ　確か

「肩から」と「からかな」、「怪物」と「だいぶつ（かれた）」、「面持（ち）」と「男」、「（あれ）はたし／かカシ（オペ）ヤ確（か）」といったように、母音を三音以上揃えた、ヒップホップ用語でいうところの「固い」押韻がしばしば詠み込まれる。

母親と散歩をすれば母親のダンロップが洗い立てだと気付く

野良犬を見たことがないと言う人と野良犬が居そうな浜へ行く

エアガンをみんなあんなに撃っていたエアガンどこへ仕舞ったのかな

一方で、この手法はときに日本語の限界と格闘せざるを得ない状況を生む。一首の中で同じ言葉を繰り返す「リフレイン」の多さは、日本語では指示語をあまり用いないためにしばしば起こる傾向である。この傾向が一首の情報量を減らすために、ときに意味性を薄め、リアリズムと音楽性のバランスを危うくする。

だがそのことは、必ずしも歌集のクオリティを下げることを意味してはいない。「配られたカードで勝負するしかないなら／下手くそでもいい　マイクでぶちのめせ」（STUTS「Storm（feat.KMC）」）というのがヒップホップの精神性だ。不安定で崩れそうなバランスをなんとか保とうと必死で足掻く様が、語り手の姿としても、文体実験としても現れている。そこがこの歌集の魅力となっている。

【にせんにじゅう／にせんにじゅうに／にせんにじゅう／ご　にせんにじゅうご／にせんにじゅうご】と読むと「ご」のあと首を振れて楽しい

伊舎堂仁

巻頭一首で賭けに出て、川村さんはそれに勝った。以降、弟・母・祖父母・父が歌集では〈仕事をしてくれる〉のであとは余暇だし、それなら我々もそんな私服の作者、とでもいうかを喜ぶほうがいい。そりゃ当然。

初期の2冊と連作「ラヴ・ハイウェイ」の車道で〈命を使って遊ぶのはなんて素敵なんだろう〉を穂村弘が言い、雪舟えまと武田穂佳が【なんでこうつららはおいしいのだろう食べかけ捨てて図書館に入る】と【ああ君に飽きたくないな　ラップされラーメン屋のリモコン不思議そう】で飽きること……のかっこよさとさみしさを歌ったジャンルで、「ミスをする店長のほうがバイトとしてはやりやすい」みたいなツイートを持つ永井祐に、川村さんはフックアップされた。からの『ブンバップ』は幸福論で、音楽論で、〈友達との時間から持ち帰った宝石《ブリンブリン》〉の収納庫な一冊となった。初期・餓鬼レンみたいな早口でまとめるとそうなる。

働いてお金を稼ぐ稼いだら友達と遊んでペイしてる

そこにいること／いないことへのしかたなさを思うとき、【お金】はまるで家族の最後の一人のようで、よってこの歌は家族詠で、からの友達詠、への切り替えポイントであるこの一首には、一瞬不思議な使いかたの【ペイしてる】が混ざる。働く↓稼ぐって〈減ってる〉ってことなんだ。そう思えたあたりから、川村有史は始まったのではないか。起きる↓眠るが「一日」ではないように。そう聞くと幸《さち》を得よう得よう、って焦りの速度が作風にはともなってそうじゃないですか。でもそうでもない。

つまんねーって君が言うとき面白いひとりで来た時つまらなかった

幸福な人生には他者が必要、なんては思わない。でも〈気前よさ〉を身につけるには、2人以上、が暮らしに要ると思う。原理上、自分で自分に「気前よく」はできない。〈自分に餌をあげる〉はできても。僕が川村さんの短歌からもらえる嬉しさは、他者や時間、つまり世界に対して、気前よく心を開いていた川村さんがあるとき世界側からもらえたもののおすそわけなんだと思う。友達という他者。定型という他者。それらへ自分を長時間くぐらせて。「まだけっこう言われていないこと」を持ち帰ってきてくれた。歴史に残らない冗談や名言のきらめき。

恥ずかしい言葉は恥ずかしくないから恥ずかしいけど大声で言う

習慣を作りたいけど難しいのでフィジカルと紐づけてする

ふぁさふぁさな雀の動画　夕立がきたなら運命と思うテクニック

友達の出てこない歌にも、友達といるときみたいに〈ひらけた〉考えかた、として、友達はそこに「いる」。

何回も来た事がある部屋のなか友達の服を踏んづけている

どの島に着いたのか聞く　友達はいまもジャンプを買っているから

素晴らしい僕の人生に吐くげろ楽しくて時に出してみる舌《べろ》

〈恋での火花〉から〈床暖房みたいな友情〉へ。そんな短歌の潮流があるとして、『ブンバップ』のずっとここにいたい部屋感《かん》は一つの達成だろう。「飽きた」「物足りなかった」「ウケなかった」さえもが、止まらないヘッドスピンや、靴の汚れのようにすばらしい。〈我々のあいだに、何も増えないこと〉が、豊かでしかたがない。

きのう立ち読みした音楽誌で知った史実話して忘れたさっき

煙草吸わない僕が銘柄に詳しくなるみたいなの良くなかったのか

その一方で、ひとりのときのものおもい、のような瞬間にも強度が宿っていることは強調しておきたい。別に何を思ったっていい。それは救いだ。

水汲めば水の彩度に濁ってくガラスのびんが心臓の朝

金網に引っ掛けてあるパーカーを着るために盗みたいと思った

弟はどこか遠くか近い土地で幸せか不幸せにくらす

おとこのこが投げたボールを跳ねかえす民家の壁に絵の生殖器

友達といるか／今ひとりか、で、マンガの吹き出しのように生殖器から出てる「ごいん」みたいな音の楽しさ／ひもじさが変わる。「ごいん」のおもしろさだけが不変で、自分にはそういうのが「救い」だ。

川村さんは2冊目を出すだろうか。出さんでも嬉しい。カントリーマアムがひたすら小さくなり続けたのが『シンジケート』から『ブンバップ』までの30年だった。短歌に飽きてしまう川村さんも、2冊目があってしまう未来も、同じくらい僕は嬉しい。そこでの肉まんは、大きいだろうか。

post card

恐れ入りますが、
切手をお貼り
ください

810-0041

福岡市中央区大名2-8-18
天神パークビル501

書肆侃侃房 行

フリガナ
お名前　　　　　　　　　　　　　　　　男・女　年齢　　　歳

ご住所　〒

TEL（　　　　）　　　　　　　　　ご職業

e-mail：

※新刊・イベント情報などお届けすることがあります。　不要な場合は、チェックをお願いします→□
　著者や翻訳者に連絡先をお伝えすることがあります。　不可の場合は、チェックをお願いします→□

□**注文申込書**　このはがきでご注文いただいた方は、**送料をサービス**させていただきます。
※本の代金のお支払いは、本の到着後１週間以内にお願いします。

本のタイトル	冊
本のタイトル	冊
本のタイトル	冊

愛読者カード

□本書のタイトル

□購入された書店

□本書をお知りになったきっかけ

□ご感想や著者へのメッセージなどご自由にお書きください

※お客様の声をHPや広告などに匿名で掲載させていただくことがありますので、ご了承ください。

◀こちらから感想を送ることが可能です。

書肆侃侃房　http://www.kankanbou.com　info@kankanbou.com

短歌ムック「ねむらない樹」vol.11

本体1,500円＋税　978-4-86385-614-1

特集＝第6回笹井宏之賞発表／榊原紘／
わたしの短歌入門／2023年の収穫アンケート

第6回笹井宏之賞　大賞　白野「名札の裏」
巻頭エッセイ　奥田順平（カライモブックス）「底抜けの善人」
特別寄稿　我妻俊樹「水の泡たち（完全版）」
吉田雅史「ヒップホップ短歌試論」

ブンバップ　川村有史

本体1,800円＋税　978-4-86385-619-6

第3回笹井宏之賞永井祐賞受賞！

みんなして写真のなかで吸う紙のたばこ　爆発前のSupreme

これ、新感覚です。友達の日記を覗き見してるようでクセになります。
——SUSHIBOYS（ラッパー）

短歌で生きた音を響かせるには、文体を一から自分でつかみ直すしかない。そう感じさせる一冊である。　——永井祐（歌人）

逸脱のフランス文学史
ウリポのプリズムから世界を見る　塩塚秀一郎

本体1,900円＋税　978-4-86385-613-4

『聖アレクシス伝』『狐物語』からパトリック・モディアノ、アニー・エルノーまで。新たな角度から提示されるフランス文学講義！

レーモン・クノーやジョルジュ・ペレックらによる前衛的な実験文学集団「ウリポ」。言語に秘められた潜在的可能性を追求した彼らの営為を研究してきた著が、「ウリポ」の視点からフランス文学史を新たに捉え直す。古典から現代作まで25の名作でたどるフランス文学案内。

サメと救世主
カワイ・ストロング・ウォッシュバーン著　日野原慶訳

本体2,400円＋税　978-4-86385-616-5

サメに救われた少年には奇跡の力が宿りはじめる。
これは真実か、ただのイカサマか？

ハワイとアメリカ本土（メインランド）を舞台に、ある一家の波乱にみちた運命がつづられる。バラク・オバマのベストブックリスト（2020年版）にも選ばれた、ハワイで生まれ育った作家による渾身のデビュー長編。

株式会社　書肆侃侃房　@kankanbou_e
福岡市中央区大名2-8-18-501　Tel：092-735-2802
本屋＆カフェ　本のあるところ ajiro　@ajirobooks
福岡市中央区天神3-6-8-1B　Tel：080-7346-8139
オンラインストア　https://ajirobooks.stores.jp

kankanbou.com

第7回 笹井宏之賞

募集作品：未発表短歌50首
選考委員：大森静佳、永井祐、山崎聡子、山田航、森田真生
応募締切：2024年7月15日
副賞：第一歌集出版

海外文学冊子創刊！

「書肆侃侃房の海外文学フェア」にあわせ、海外文学カタログを創刊しました。主にフェア開催店で無料配布しております。

埃だらけのすももを売ればよい ロシア銀の時代の女性詩人たち

高柳聡子　　本体2,000円＋税　978-4-86385-604-2

ロシア文学におとずれた興隆期「銀の時代」（1890～1920年代）。忘れられた15人の女性詩人たちのことばを拾い上げる。

毎日新聞（沼野充義さん）、朝日新聞「好書好日」（鴻巣友季子さん）、日本経済新聞「THE NIKKEI MAGAZINE」（山崎まどかさん）などぞくぞくと書評掲載！！

エドワード・サイード ある批評家の残響

中井亜佐子

本体1,700円＋税　978-4-86385-612-7

没後20年をむかえた今、サイードの思考の軌跡をたどりつつ、現代社会における批評の意義を問う。

朝日新聞（3/23）に書評掲載！
「サイードのテクストと粘り強く向き合う本書に、言葉による抵抗の一つの実践を見る」（三牧聖子さん）

僕にでもわかる星座が描いてあるあれはたしかカシオペヤ　確か

サッカーは流動的な人間のうごきがよくて一時期観ていた

新郎の友人はインスタグラム神父が深くお辞儀している

あさがおに水あげなかったのを笑い話の引き出しに入れた話

筋肉がうごきだすのを見届けた子供たちが笑い始めている

更新作業

すると広い公園に出てつつまれた　のを友達に話し終えるまで

けさ降ってこの量だからつもらずに消えてなくなってる明日には

1分後大破するロードスターの助手席で見た空　どこまでも

歯磨きに必要なものあつめるとコップのなかに水面ができる

オーディション乗り越えたからこれからはこの声がこの役に良いのか

ふくらんだ感じの鳩が歩いてる僕のからだのまわりの季節

海岸をＶＡＮＳでせめる塩水が届かないと思われるラインを

眠るまえにコーディネートを考えて良かった一枚へ手をのばす

目覚めたら毛布のおもさ瞼のおもさ寝ながら聴いたビーツのおもさ

友達に家族ふえたらお祝い事ぼくを知らないほうのママンへ

みんなして写真のなかで吸う紙のたばこ　爆発前のSupreme

新曲を用意しておく次に会うカラオケがうるさくなるように

ぼくの横を速い二輪が抜けてって前のセダンがパトカーになる

雪国の十一月の脚力がすこしずつ減る二月の内陸

ストリートビューで潜ったアングルに男の子が入って出てった

自販機のラインナップが良くてここまでを家だとおもって暮らす

河川敷ぶわっとあって水域へ着くまでのいくつかある段差

きのうの疲労にきょうの目標を重ねてくそうしてできるティラミスのようなもの

海沿いの感覚が残ってる散策　消そうとするとながれこんでくる

どこかから何か借りれば利子がつく借りたら借りたぶんというノリ

はじめまして　美容師に視覚を預けていつもの髪型を取り戻す

かぶったまま帰ってしまった日のキャップ引っ越しの度ほどいて包む

髭によく刃がノる日だと思えたりこれは前にもあったなあって

海外の長いドラマのまんなかで主人公が代わってバディも

お祝いにはじめて花を買う途中むしの食事に詳しくなった

友達のジュニアが話しかけてくる親とは違うサイズで僕に

ドライフラワーと生花が合わさってパワーが生まれてるインテリア

コーデにはこどもの服も含まれる　ぼくが彼でもそうしろ　しぶとく

グラミーの話は無しでそのかわりその代わりの物語を聴いた

次に会う時には次の良さだけどこの楽しさも固定できたら

ビールがビールでなくなる前に言う少し遅れてもこの言葉は出なくなる

向かうとき対向車線で光ってた車が帰路で横転していた

縁石に空き缶おいて忘れるのを一緒にやめたんだそういえば

千円札を千円札と千円札の間に挿し込む　３０００

労働を仕事って言い換えたあと働く描写があったな漫画に

眠るまえ短歌のことをかんがえる起きたら忘れるってわかってて

記憶にないたむろがそこにあるようで川の流れをしばらく追った

地元ぽい訛りの動画うれしくて観ていればば物足りなくなった

天体に興味はなくてしろい息　つかれた首に星空が上

片仮名の多い詩集を読んだあと手のひらでグー・パー・グーやった

カーテンの奥にミシンの音がすぐ　さっき重ねてほしいと頼んだ

エミネムがまた怒ってる15年前からずっと股を持ってる

すこしだけ体が大きくなっている散歩の距離をのばしたからか

山頂で雪がつもっているみたいあと数日でこちらにも来る

あざやかなグリーンのバナナを買って置くきいろくなっていたら剝く筈

十二月始まりのカレンダーを投函されて一年のはじまり

どの島に着いたのか聞く　友達はいまもジャンプを買っているから

肉親の返済先が四社から三社になってた　鯉のぼり　コマ送り

さっき触った大型犬のなきごえが風と一緒にリバーブしてる

捺印

てぶくろをはめる作業がつづく日に手汗が出辛くなった気がする

満タンのじょうろ持つならこぼさないように手首を水兵にした

押印と捺印のちがい問われて性交に例えてウケなかった

花は好きそして品種に興味はなくそのまま嗅いでまわる軒先

インコには何をしゃべらせたっていいお腹から声が出てるかどうか

少しの待ち時間

金網に引っ掛けてあるパーカーを着るために盗みたいと思った

ころがった硬貨は自販機の下で桜の面がおもてだろうか

ガラス張りの大きなビルが社屋だと理解できた少しの待ち時間

クリスマスのテーマにのせて冬の日の単語を言う子どもが駆けてった

2020 2022 2025 2025 2025

V

陸路

背景画展を知らせる看板が１００メートルおきにつづく道のり

行進はたぶんそれなりにできる子どもの僕がやったのだから

食料と日用品の日曜日どんどんドン・キホーテにちかづく

手の甲が自動扉を受けとめて僧帽筋のしずかな隆起

麻雀をＯＪＴでわかりたい必要なものをそろえなければ

お腹から声をだせるとちょっとずつ頑張れる　手足はついてくる

エアガンをみんなあんなに撃っていたエアガンどこへ仕舞ったのかな

ふだんよりあかるい夜のような気が星が明るいような気がした

美術（夏）

坂道がはじまる気配ながいことそこにある5号球を蹴れば

彫刻や絵画は美術　すごく美術　だいたい美術

照明を消すときぼくの右腕がぼくの枕元へおとす影

あおむけのセミを蹴ったら束の間のうつ伏せを経てあおむけのセミ

曲線がうつくしいモニュメントがある　先月ここでスケートをした

体幹でむすぶかんじに券売機最上段のランプへふれる

肘ついて注意をされている人がそのあと眠気を隠そうとした

Microsoft Office に３６５と書いてある Microsoft Office

たまに乗るバスは扉が開くたび外の景色のあかるさのこと

奥歯からはずす果肉の一片が二片になって捉えきれない

効果音《SE》と字幕の（しーっ）が重なったように見えたしように聴こえた

値段ぶん辞書はおもたくなっていく律儀にハードカバーがかかる

いい曲は一瞬音が抜けるのも演奏なんだってわかる道

自転車へ紐でむすんで白い犬と散歩している人　いぬしろい

月極が四面向かい合っているフットサルコートぐらいの広さ

この広さは雪捨て場に使えるなでもここは雪が降らないからな

とてもながい非常階段ブチ抜きのフロアに冷房よく効いている

トイレットペーパー系なエンボスをゆびさきの先にあてているとき

県道をカメラロールに見ていると山車と扇子と昼の牽く人

手触りがいつまで残っているとして　午後あたらしい板を組んだら

二輪車を傾けながら降りているひとがこれから電話をさわる

おとこのこが投げたボールを跳ねかえす民家の壁に絵の生殖器

三輪車ぱやぱやとある公園で大きなバンを見たような記憶

どうしても天国までは届かないＢＭＸのジャンプ　あじさい

研修のマナー講師が痩せこけていても良いのです遺伝なのだから

帰路につくハンドルを持ついま社屋に登ればとおく花火がみえる

ながいトンネルの出口ですれ違う車両のヘッドライトを浴びた

あらびきの割引ウインナーパンをほおばっている星空の下

汚れたしそろそろそろで洗うコンバース六月はすぐ乾くから夏

VI

百合の花募金

ドラえもん募金にかけてみたかった　鳴らしてすぐで助けたかった

この道で左をいくといちどきり派遣で行った工場がある

置いてある窓辺のあれは百合の花その日は強くそうだと思った

ゴシック体

県道に面した土地で団体がやっているから収穫の季節

あれは桜の花ではなくて梅の花二十二の時それをわかった

昨日あたり洗ったボトルへ水をきょう入れている遊牧民みたく

いきつけでグランドメニュー開くなら春の新定番はひろがる

スロープをスピードのままステア《階段》につき刺さるまでスケートはそう

板のうえ上半身を沈ませて陸をつかんでいたのを放す

友達のだるそうに手を振ってくるｉＰｈｏｎｅの背に指のせながら

広場からげんきな犬の写真をおくる点字タイル写らないようにして
見開きに漫画の技術やつ裂きのシーンで擬音も切りきざまれる

このなんていうか畦道かがやいて見えるソーラーパネル　なくても

ＭＴＢとシティサイクルの子供がならぶ加速の姿勢で

あめの外をずっと眠っていたい日に窓のある封筒が届いた

番号に呼ばれるまでは待合のソファで万国旗へさがす馬

重心が左へ寄ってたのに気づく推力のなか肘をすませば

未舗装の路をプッシュしているひとにだけおとずれる静かさ　きてる

はたらいてシャワーを浴びる日々あるあるある　緑地公園にふえる紫陽花

清原が薬をやめ続けることを励みに今朝をする人がいる

セサミストリートがさわいでいる画面それを選んで観ていたかった

同僚に箸の握りをほめられた　うんと反復した甲斐あった

夏の日に星座をさがす人みたく次発の遅延情報をみた

夢精した事が無いって言っていた知人が会社立ち上げていた

信号機止まれのなかを人が来るひき殺してしまうところだった

バスケットゴールが置いてある庭が病院までの道のりにある

生き物の犬がわたしを引っ張ってすごい速度でハァハァの中

続編を祝う構図にゴシックで大団円ときざまれていた

車というよりは気持ちをドライブしてここに来たって言える雰囲気

飛んでって言ったらそのまま飛んでって花壇を曲げてしまったちから

内履きでトリックがメイクされた日のばかな笑いの量　ガァ！！！！だったな

年相応を気にする日々が都市構想になるまで作業着のすそが濡れる

僕がケガを負わせた人だったとおもう　旬のアウターを着て歩いてた

あとがき

まずはじめに、本書の制作にあたりご尽力いただいた書肆侃侃房の藤枝大様、ご協力いただいたすべての皆様にお礼申し上げます。

また、わたし自身の不誠実な歌歴のなかで、直接お会いしたことのない方々からもその作品や歌論を通し道を示していただきました。おかげさまでどうにか今日までやってこられましたことをここに感謝いたします。

そして鈴木ちはねさん、あの日突然の、僕の無茶なお願いを快く引き受けてくれてどうもありがとう。一方的に放たれる破綻した言説を紡いで形にする過程は、大変苦労をかける作業であったと思います。でもぼくがいちばんイケてると思う同世代のプレーヤーと、さいしょの歌集を編めたことはやっぱり良かったなって。

*

ベタですが本をつくる作業は、歌集は、生き物であったように思います。はじめは思想書をつくる姿勢で取り掛かりましたがどちらかといえば記録書となり、編年体を避けるつもりだったものがおおよそ編年体となりました。想定していた枠組みから徐々にはみ出し、また形を変えて姿へとおさまる。そうした積み重ねによって生まれるグルーブのどうしようもなさは時に心地よく、ある意味において短歌的な営みだったのかもしれません。

そういえば、この本を読んでくれた方が「こういう心も短歌にしていいんだな」と感じてくれたのであれば、それが一番の幸いです。

さいごに、僕のような……あえてこう言うのだけれど、僕と同じようにばかで、過ちを繰り返してきたきみが、試しにペンをとってみてくれたのなら少しうれしい。僕は僕のためにしか短歌を詠んでこなかったけれど、この本はきみに向けて書いた。きみが動かしたペンの軌跡が言葉であったなら、僕はそれをたくさん読んでみたい。そしてきみの言葉がもし短歌であったなら、既存のマナーとは別のルートで明日にたどり着くことができる筈だ。

ペンは手にとってみたら、案外重くなかったよ。

二〇二三年冬　川村有史

■著者略歴

川村有史（かわむら・ゆうし）

1989年青森県青森市生まれ。群馬県在住。
2012年頃より作歌をはじめる。2015年頃まで歌誌「かばん」に所属。
2020年、「退屈とバイブス」で第3回笹井宏之賞永井祐賞受賞。
2022年、第10回現代短歌社賞佳作。

歌集　ブンバップ

二〇二四年四月九日　第一刷発行
二〇二四年八月十九日　第二刷発行

著　者　川村有史
発行者　池田雪
発行所　株式会社 書肆侃侃房（しょしかんかんぼう）
〒八一〇‐〇〇四一
福岡市中央区大名二‐八‐十八‐五〇一
TEL：〇九二‐七三五‐二八〇二
FAX：〇九二‐七三五‐二七九二
http://www.kankanbou.com info@kankanbou.com

編　集　藤枝大
DTP　黒木留実
印刷・製本　モリモト印刷株式会社

©Yushi Kawamura 2024 Printed in Japan

ISBN978-4-86385-619-6　C0092

落丁・乱丁本は送料小社負担にてお取り替え致します。
本書の一部または全部の複写（コピー）・複製・転訳載および磁気などの記録媒体への入力などは、著作権法上での例外を除き、禁じます。